GO
HAIE SIND

Böses Foulspiel

GESCHRIEBEN VON
ANDREAS SCHLÜTER
UND IRENE MARGIL

MIT BILDERN
VON
MICHAEL VOGT

KJB

Liebe Leser, liebe Leserinnen,
diese Geschichte ist frei erfunden.
Nichts davon ist wirklich passiert.

Wir danken Zeljko Ristic, ehemaliger Jugendtrainer bei Hertha BSC und heute Streetworker, für seine fachliche Beratung. Er gehört in Berlin zu einem Organisations-Team, das regelmäßig Straßenfußball-Touren veranstaltet.

Dieser Titel ist auch als Hörbuch im Handel erhältlich.

2. Auflage: Februar 2018
Erschienen bei FISCHER KJB

Umschlaggestaltung: GarstenYoung Marketing, Kommunikation für junge Zielgruppen, unter Verwendung einer Illustration von Michael Vogt
Satz: pagina GmbH, Tübingen
Druck und Bindung: CPI books GmbH, Leck
Printed in Germany
ISBN 978-3-7373-4030-4

INHALT

EINE GROSSE VERSTÄRKUNG

Pedro und Zachi schlenderten ihren absoluten Lieblingsweg entlang: zum Bolzplatz, dem Sparri. An einem Baum entdeckte Zachi ein Plakat.

„Altberliner Herbschtfescht!“, las er vor. Seine Zahnspange blitzte.

„Ach ja, klar!“, sagte Pedro. „Aber wieso Altberliner? Egal, jetzt geht’s erst mal gegen die Knödel. Also los!“

Jedes Jahr wurde der kleine Park am Sparrplatz mitsamt dem Bolzplatz drei Tage lang für das große Herbstfest gesperrt und zum Schauplatz für Jongleure, Zauberer und Musiker. Natürlich waren auch viele Geschäfte aus der Nachbarschaft, wie der *Dönerhimmel* von Mehmets Vater oder das *Café Klatsch* der Sozialarbeiter, mit ihren Ständen dabei.

Pedro und die anderen freuten sich schon auf das Fest, auch wenn sie während dieser Zeit dann ihren geliebten Platz nicht zur Verfügung hatten. Im Park wurden bereits die ersten Zelte aufgebaut. Schon in ein paar Tagen nahmen auch die ersten Verkaufsstände ihre Positionen ein. Der Bolzplatz war als Letztes dran. So konnten die Haie ihn noch nutzen. Und das mussten sie auch. Denn wie jedes Jahr stand kurz vor Beginn des Herbstfestes ein Spiel gegen die Knödel an: Ulfs Mannschaft, die von den Haien wegen der muskulösen Beine der Älteren nur die ‚Knödel' genannt wurden.

Einige von ihnen waren auch schon auf dem Platz. Mit dabei war einer, den Pedro und Zachi noch nie gesehen hatten. Er war noch größer als Ulf, hatte nicht nur Waden wie Knödel, sondern auch noch Oberarme wie Baumstämme.

Als die Knödel Pedro und Zachi sahen, unterbrachen sie ihr Spiel.

Ulf zeigte auf die beiden. „Das sind sie!"

„Wie heißen die noch mal?", fragte der Riese.

„Fischstäbchen!", antwortete Ulf und grinste frech.

„Die schprechen von unsch!", sagte Zachi empört. Ulf hatte sich angewöhnt, die Haie immer nur als Fischstäbchen zu bezeichnen.

„Wir sind die Fußball-Haie!", korrigierte Pedro.

Der Riese streckte Pedro die Hand entgegen: „Ich bin Hans und neu in Ulfs Mannschaft!"

„Hallo", antwortete Pedro unsicher, reichte dem Neuen die Hand und verzog schmerzhaft das Gesicht. Ein Händedruck wie ein Schraubstock!

Aus dem Hintergrund erschienen nach und nach die anderen Haie, denen sich Hans ebenso vorstellte.

Max, der Hans kaum bis zur Schulter reichte,

fragte Ulf direkt: „Ihr habt euch Verstärkung geholt?“

Ulf breitete die Arme aus. „So machen es doch alle großen Mannschaften vor Saisonbeginn!“

„Na ja …“, sagte Max und sah zu dem Riesen hinauf.

„Du hätteschzt auch bei unsch mitmachen können, Hansch“, betonte Zachi.

„Quatsch. Wir sind doch komplett“, widersprach Mehmet, der plötzlich hinter Zachi stand und offenbar alles mitbekommen hatte. „Ich bin Mehmet!“

„Und ich Hans“, sagte der Riese noch mal und streckte Mehmet die Hand hin.

Mehmet nahm sie. Der Riese drückte wieder erbarmungslos zu. Noch fester als bei Pedro. Doch Mehmet verzog keine Miene.

„Lasche Hand“, sagte er. „Spielst du auch so?“

Der Riese schmunzelte gequält und ließ los. „Das wirst du morgen schon sehen.“

„Nach dem Spiel seid ihr alle bei uns im *Dönerhimmel* eingeladen!“, verkündete Mehmet. „Als Trost für eure Niederlage.“

„Schon klar. Dann bis morgen!“, sagte Hans und drehte mit Ulf ab.

Pedro wartete, bis die Knödel Richtung Parkausgang abgezogen waren. Dann sagte er leise: „Boah, Glück gehabt, dass meine Hand noch heil ist!“ Skeptisch betrachtete er seine schmerzenden Finger. „Habt ihr diese Pranken gesehen?“

Die anderen nickten.

„Wie hast du das bloß ausgehalten?“, fragte Pedro Mehmet.

„Gar nicht!“, gab Mehmet zu, der nun auch seine schmerzende Hand rieb. „Aber meinst du, ich zeig dem das? Eher würde ich sterben, Alter!“

Pedro lachte. Das war mal wieder typisch Mehmet.

„Ich glaube, dieser Hans wird uns noch einige

Probleme bereiten. Also passen wir alle auf ihn auf, okay?“, warnte Pedro in die Runde.

„Okay!“, antworteten die Haie im Chor und liefen zielstrebig zum Training auf den Platz.

* * *

Am nächsten Tag versammelten sich die Fußball-Haie überpünktlich zum bevorstehenden Spiel gegen die Knödel. Pedro sah ständig auf seine Uhr.

„Keine Angst. Die kommen schon!“, sagte Mehmet. „Die rücken wieder zwei Minuten vor Beginn an, das ist doch jedes Mal so!“

„Vielleicht sollten sie heute einfach wegbleiben“, murmelte Pedro leise vor sich hin.

„Was?!“ Mehmet hatte ihn gehört und drehte Pedro an der Schulter zu sich herum. „Wie bitte?“

„Mit dem Riesen als Verstärkung haben wir gegen die Knödel doch gar keine Chance!“, flüsterte Pedro.

„Alter! Von dem lassen wir uns doch nicht einschüchtern!“, protestierte Mehmet. „Genau das wollen sie doch! Wir machen einfach unser Spiel, so wie immer, verstanden?“

Er streckte den anderen seine erhobene Hand zum Abklatschen entgegen.

„Da kommen schie!“, rief Zachi und klopfte seine Handschuhe aufeinander.

Hans ging neben Ulf und hatte seinen Arm um dessen Schultern gelegt. Offenbar flüsterte er Ulf letzte Anweisungen ins Ohr. Bei den Haien angekommen, zog er seine Pranke von Ulfs Schulter wieder herunter.

„Na, dann zeigt mal, was ihr draufhabt!“, rief er den Haien zu.

Pedro hatte den Neuzugang der Knödel richtig eingeschätzt. Hans war nicht nur groß und stark, sondern auch ein klasse Fußballer. Seine Pässe landeten punktgenau, sein Antritt war so schnell, dass es nicht mal Max gelang, ihm zu folgen.

Hans übernahm von der ersten Sekunde an das Kommando über die Knödel und setzte sich so in Szene, dass er regelmäßig angespielt wurde und ein Tor nach dem anderen erzielte. Seine ersten beiden Schüsse hielt Zachi noch, aber dann war er chancenlos. Zu gezielt und zu hart donnerte Hans den Ball auf Zachis Kasten. Einmal traf Hans nur die Latte, wodurch das Tor dermaßen wackelte, dass Zachi schon befürchtete, es würde ihm jeden Moment über dem Kopf zusammenkrachen.

Kapitel 2

BÖSES FOULSPIEL!

Hans blieb in jeder Situation fair, kein einziges Foul ging auf sein Konto. Die anderen Knödel legten es immer regelrecht darauf an, den Haien hinterhältig einen Schubs, einen Stoß oder sogar einen Tritt mitzugeben. Dagegen schützten sich die Haie, so gut es ging, mit ihrem Kurzpass-Spiel: *one-touch-football.* Bei dieser Technik blieb der Ball immer nur für eine einzige Berührung – one touch – beim Spieler, der ihn mit diesem einen Ballkontakt direkt an den nächsten Mitspieler weiterzuleiten hatte. Auf diese Weise war es für den Gegner fast unmöglich, ohne ein Foul an den Ball zu kommen.

„Mist!", ärgerte sich Max. Gerade war Hans

das dritte Mal hintereinander in einen Pass der Haie gelaufen und hatte so den Ball für die Knödel erobert. Hans war überall. Trotz seiner Größe bewegte er sich schnell, und auch auf engstem Raum spielte er ohne Fehler.

Zur Trinkpause stand es schon 5:1 für die Knödel. Alle fünf Tore hatte Hans erzielt. Die Knödel triumphierten mit erhobenen Fäusten.

„Puuuh, dasch ischt hier heute eine reine One-man-schow!“, seufzte Zachi und trank gierig aus seiner Flasche.

„Aber schon super, was der draufhat“, räumte Pedro ein. „Und so fair wie er spielt kein anderer Knödel! Die nerven mal wieder mit ihren Fouls.“

Pedro rieb sich eine Stelle am Unterschenkel.

Die Haie nickten. Jeder hatte schon mindestens ein Foul abbekommen.

„Wir können das Spiel nur drehen, wenn wir Hans stoppen!“, sagte Max und nahm auch einen großen Schluck.

Die Fußball-Haie beschlossen, dass ab sofort Mehmet versuchen sollte, sich gegen Hans zu stellen. Tim, der bis hierhin gegen Hans gespielt hatte, war einverstanden. Auf ein Zeichen von Ulf pfiff Pedro durch zwei Finger zur Fortsetzung des Spiels.

Wieder war Hans ständig im Vorwärtsgang. Mehmet und Dimitri konzentrierten sich voll auf die Verteidigung. Beide blieben eng bei Hans. Plötzlich, in vollem Lauf, streifte Hans' Schienbein Mehmets Oberschenkel. Hans schrie auf und stürzte, wobei er sich geschickt auf dem Boden abrollte.

„Verdammt!", schimpfte Hans. „Typisch Südländer, ihr mit euren fiesen Fouls!", brüllte er. Mit hasserfülltem Gesicht machte er eine abfällige Handbewegung Richtung Mehmet.

„Aber ich hab doch gar nichts gemacht!", rief Mehmet.

Wie sehr wünschte Mehmet sich jetzt eine

Zeitlupe wie im Fernsehen! Die könnte zeigen, wie es wirklich gewesen war. Nämlich genau umgekehrt: Nicht Mehmet hatte Hans gefoult, sondern Hans hatte absichtlich bei Mehmet eingefädelt, um einen Freistoß herauszuholen. Eine perfekte Schwalbe, auf die alle hereinfielen!

„Typisch Südländer, ihr mit euren fiesen Fouls!“, hallte in Pedros Kopf Hans’ Spruch nach. Während er noch überlegte, was Hans damit gemeint haben könnte, wetterten auch schon die anderen Knödel los. Die Stimmung kippte von einer Sekunde zur anderen.

„Das war ganz normaler Körpereinsatz!“, verteidigte Max Mehmet.

„Nicht mal das! Er hat sich bei mir eingefädelt!“, beteuerte Mehmet. „Das war eine Schwalbe!“

„Also, ich hab’s anders gesehen“, gab Tom, der draußen stand, ehrlich zu und zuckte entschuldigend mit den Schultern.

„WAAAS?“, empörte sich Mehmet. „Alter, dann spiel du doch gegen ihn! Dann wirst du seine versteckten Fouls selbst zu spüren kriegen!“

Wütend stampfte Mehmet zum Seitenrand und wechselte sich gegen Tom aus. Sie hatten sich vor dem Spiel, wie es beim Bolzplatzfußball üblich ist, auf bestimmte Regeln verständigt. Darunter auch auf den sogenannten fliegenden Spielerwechsel. Von außen ließ Mehmet Hans nicht mehr aus den Augen. Tom war gegen Hans genauso chancenlos wie Mehmet zuvor. Trotzdem gab es einen Unterschied: Hans spielte gegen Tom extrem fair.

Mehmet wunderte sich, wieso Hans Tom nicht genauso hart attackierte wie ihn.

Der Spielverlauf blieb unverändert. Hans beherrschte weiter den Platz und bestimmte über fast jeden Pass der Knödel.

Zachi strengte sich an, stellte sich mit aller Macht gegen jeden Angriff und verteidigte konzentriert und schnell. Jeder sah, dass er alles gab. Er hielt einige Schüsse, aber trotzdem siegten die Knödel mit einem deutlichen 10:2.

„Wenn wir den Neuen besser kennen, dann finden wir auch ein Mittel gegen ihn!“, versuchte Max die anderen und sich selbst zu trösten.

„Ich weiß wirklich nicht, was Mehmet gegen Hans hat“, sagte Tom, als er sich zu den anderen in den Kreis stellte.

„Ich hab auch kein Foul von Hans entdecken können!“, stimmte Tim seinem Zwillingsbruder zu. „Und ich hab von draußen ganz genau aufgepasst!“

„Das war aber kein Foul von mir, sondern eine Schwalbe von Hans! Und vorher hat er selbst die ganze Zeit versteckte Fouls gemacht!“, beharrte Mehmet.

„Hey, Mehmet. Deine Einladung gilt doch noch, oder?“, rief Ulf von der Seite.

„Gewonnen oder verloren“, murrte Mehmet.

„Mein Vater gibt allen einen Döner und 'ne Apfelschorle aus."

„Schuper!", freute sich Zachi und zog seine Handschuhe aus.

„Morgen sieht die Welt schon wieder anders aus", tröstete Pedro und legte seinen Arm um Mehmet. „Auch wenn das vorhin eine Schwalbe war: Verloren hätten wir trotzdem."

„Ärgert mich aber!", erwiderte Mehmet und wand sich aus Pedros Arm. „Vor allem, weil ihr alle auf der Seite von Hans seid! Aber Foul bleibt Foul, und Schwalbe bleibt Schwalbe! Das war unfair. Und jetzt denken alle, dass ich lüge!"

„Nun komm schon. Vergiss es! Ich hab Riesenhunger!", sagte Porky und stupste Mehmet an die Schulter.

Mehmet ging wortlos und immer noch beleidigt voraus.

Wenige Minuten später saßen alle am Haie-Stammtisch im *Dönerhimmel*.

Mehmets Vater hatte einen zusätzlichen Tisch für die Knödel danebengestellt und servierte schon mal die Apfelschorle.

„Was gibt es denn zu feiern, dass Sie uns einladen?“, fragte Ulf.

„Wir brauchen für so eine Einladung keinen besonderen Grund“, erklärte Mehmets Mutter freundlich lächelnd und stellte frischen Krautsalat in die Kühltruhe.

„Das ist ja nett“, lobte Porky und trank sein Glas in einem Zug leer.

„Der *Dönerhimmel* feiert Jubiläum!“, plauderte Zachi fröhlich aus. „Fünftschehn Jahre gibt esch den schon. Länger alsch mich!“

Er hatte recht. Mehmets Eltern hatten sich vorgenommen, in ihrem Jubiläumsjahr viele kleinere und ein, zwei größere Aktionen zu starten. Die Einladung an die Knödel war eine davon.

Während Mehmets Vater die ersten Döner verteilte, war die Spielanalyse der Haie bereits wieder aufs Neue entbrannt. Es herrschte das übliche Durcheinander. Alle beschrieben gleichzeitig einzelne Szenen aus ihrer Sicht. Jeder hatte etwas zum Verlauf des Spiels zu sagen.

Nur Mehmet hielt sich raus. Sein Ärger auf Hans brodelte immer noch in ihm, aber er war auch sauer auf Tim und Tom. Die beiden hängten ihm einfach ein Foul an. Was für eine Gemeinheit! Nicht mal jetzt sprach jemand von der umstrittenen Szene. Niemand glaubte, dass Mehmet mit dem Foul nichts zu tun hatte.

Als jeder seinen Döner bekommen hatte, fiel es Mehmet erst auf: „Wo ist denn eigentlich euer Super-Hans?“, fragte er. Nicht, dass er ihn vermissen würde. Aber seltsam kam es ihm dennoch vor.

„Keine Ahnung“, antwortete Porky.

Jetzt bemerkten es auch die anderen.

Pedro biss in seinen Döner und fragte mit

vollem Mund: „Hansch weisch aber schon, dasch er auch eingeladen ischt?“, fragte er in die Runde. „Schtimmt doch, Mehmet, oder?“

Mehmet nickte.

Uhuru zeigte kichernd auf Pedro: „Mit vollem Mund sprichst du genau wie Zachi mit seiner Zahnspange!“

Pedro schluckte seinen Bissen herunter. Alle lachten.

Nur Zachi nicht: „Leute, dasch ischt nicht witschig!“

Worauf alle erst recht losgrölten.

Doch Mehmet ließ sich immer noch nicht so richtig von der guten Laune anstecken.

„Selbst schuld!“, murmelte er in Bezug auf Hans, stand auf und holte einen Stapel Papierservietten, die er an alle verteilte.

„Hans hat eben keinen Hunger auf Döner“, sagte Ulf. Er nahm eine Serviette entgegen und wischte sich das triefende Fett vom Kinn.

Auch Zachi und Dimitri griffen eilig zu. Ihre Nasen glichen schon nach wenigen Dönerbissen seltsamen Joghurt-Skulpturen.

Diego hingegen spießte Fleischstück für Fleischstück mit einer Gabel auf.

„Aber hier gibt's doch nicht nur Döner. Was ist mit Falafel oder Pommes?“, fragte Pedro.

Ulf zuckte nur mit den Schultern, während er den Rest seiner Schorle trank und den letzten Bissen seines Döners runterschluckte. Danach stand er auf und winkte zum Abschied. Die anderen Knödel folgten ihm, teilweise noch mit ihren halben Dönern in den Händen.

Kapitel 3

SELTSAMES GEREDE

Juan, der bislang kaum etwas gesagt hatte, kam von der Toilette und fragte Diego: „Was meinte dieser Hans eigentlich mit Südländer?"

Diego, der Juan oft bei Übersetzungen half, wenn dieser die richtigen Worte noch nicht kannte, zuckte diesmal nur mit den Schultern. „Hä?"

„Südländer!", wiederholte Juan. „Hans hat gesagt, dass Südländer immer fies foulen? Was ist denn ein Südländer überhaupt?"

„Ich kenn nur Deutschländer!", rief Zachi. „Dasch schind Würschtchen!"

Die anderen lachten. Aber Diego versuchte es trotzdem. „Südländer, das sind..." Er überlegte.

„... das schind alle Menschen, die im Schüden leben“, sagte Zachi.

„Unsere Oma zum Beispiel!“, meldete sich Tim zu Wort. „Die wohnt in Freiburg!“

„Was ist das denn für ein Quatsch!“, widersprach Diego. „Deine Oma ist doch keine Südländerin.“

„Dann wären für meine Mutter alle Deutschen Südländer“, behauptete Mehmet. „Sie ist doch Dänin. Und von Dänemark aus gesehen liegt ganz Deutschland im Süden.“

„Dann ist also Hans selbst ein Südländer!“, schlussfolgerte Pedro.

„Und macht fiese Fouls! Das, was ich die ganze Zeit sage!“, fügte Mehmet an und grinste.

„Nee, ihr seid alles Nordländer!“, widersprach Uhuru. „Von Ghana aus betrachtet.“

„Ha, ha!“, lachte Pedro. „Von Brasilien aus auch!“

Diego wurde wieder etwas ernster. „Ich

glaube, Hans meinte wohl alle Länder, die südlich von Deutschland liegen."

„Aber wie kann man dann behaupten, dass alle Südländer fies foulen?" Pedro tippte sich an die Stirn. „Die meisten Länder der Welt liegen doch südlich von Deutschland. Alles nur Foulspieler? Das ist doch total bescheuert!"

„Pedro hat recht", stimmte Mehmet zu. „Vielleicht hat der nette Hans nicht nur was gegen mich?"

„Hör doch endlich auf, Hans Schlechtes anzuhängen!", forderte Tim.

„Find ich aber auch. Das ist doch nur Neid, weil er besser spielt als wir alle zusammen!", pflichtete sein Zwillingsbruder ihm bei.

„Was?!" Mehmets Wut war wieder da. „Besser als wir alle? Spinnt ihr beiden jetzt komplett? Bessere Schwalben kann er höchstens!"

„*Du* spinnst doch!", pöbelten jetzt Tim und Tom los.

„Hört auf!“, ging Pedro dazwischen. „Können wir das Ganze nicht einfach mal abhaken?“

„Abhaken?“, brauste Mehmet auf. „Ihr stellt mich als Lügner hin und himmelt den Schwalbenkönig Hans an? Das kann man ja wohl nicht einfach so abhaken!“

Seine Eltern sahen irritiert zu den Jungs hinüber.

„Bei euch alles in Ordnung?“, fragte Mehmets Mutter.

Pedro und Diego nickten entschlossen. Mehmet schaute beleidigt weg. Tim und Tom schwiegen auch lieber. Niemand sagte mehr etwas – weder zum Spiel noch zu etwas anderem. Alle mampften nur stumm ihre Döner.

„Noch eine Runde Apfelsaftschorle?“, fragte Mehmets Mutter in die Stille.

Keine Antwort.

Pedro nickte freundlich.

„Na ja, ihr könnt euch ja selbst bedienen!“,

sagte sie und stellte einige Flaschen auf den Tisch.

Zachi legte seinen Döner zur Seite und öffnete eine Flasche.

Alle anderen aßen ihre Döner wortlos zu Ende.

„Wir müssen nach Hause!“, sagte Tim plötzlich. Er und sein Bruder standen auf und gingen ohne größere Verabschiedung.

Die Runde blieb stumm.

Kurz darauf folgten ihnen Uhuru und Max. Dann winkten auch die anderen zum Abschied.

„Danke für die nette Einladung“, rief Pedro über den Tresen.

„Gern geschehen!“, sagte Mehmets Mutter.

Mehmet sah den Jungs durch das Fenster hinterher. Wieso ließen sie ihn im Stich? Niemand wollte ihn verstehen! Nicht mal seine Fußball-Haie!

Wenigstens wurde auf dem Flachbildschirm, der über der Tür hing, gerade auf ein Fußballspiel umgeschaltet. Es war nur eine Wiederholung, aber jetzt das beste Mittel, um seine schlechten Gedanken zu vertreiben.

„Hausaufgaben erledigt?“, fragte seine Mutter und räumte die gebrauchten Servietten, Gläser und Flaschen vom Tisch.

Mehmet nickte beiläufig, ohne den Blick vom Monitor zu nehmen.

Seine Mutter ging zurück zum Tresen.

Bei Mehmet passierte in diesem Moment etwas, womit er selbst niemals gerechnet hätte. Mit einem Mal kreiste ein Gedanke in seinem Kopf: Ob es vielleicht besser wäre, die Haie zu verlassen? Der Gedanke war nicht blitzschnell wie ein Pfeil angeschossen gekommen, sondern im Gegenteil: Ganz langsam, wie eine gefährliche Giftschlange war die Idee in seinen Kopf gekrochen und richtete sich dort nun häuslich ein.

Von dem Fußballspiel im Fernsehen bekam

er gar nichts mehr mit, obwohl er immer noch zum Monitor schaute. In Wahrheit aber ging sein Blick irgendwo ins Leere. Dagegen nahm die Vorstellung, sich von seinen Freunden zu verabschieden, immer mehr Gestalt an. Er konnte doch nicht weiter mit ihnen zusammen sein, wenn sie ihm nicht glaubten, oder? *So ein Quatsch, Alter!,* rief er sich selbst innerlich zur Vernunft. Die Haie zu verlassen war doch idiotisch! Wirklich? Er spürte, wie die Tatsache weiter an ihm nagte, dass sich genaugenommen niemand aus seiner Mannschaft auf seine Seite gestellt hatte. Keiner hatte ihn befragt und versucht, seine Sicht der Dinge zu verstehen. Im Gegenteil: Entweder hatten sie Hans verteidigt – oder abgewiegelt.

Am nächsten Tag allerdings sah die Welt, wie von Pedro vorausgesagt, tatsächlich schon etwas anders aus. Nicht nur wegen der bunten Blätter, die vor dem Laden von den Bäumen

flatterten, sondern auch, weil Mehmet einen Beschluss gefasst hatte. Er wollte sich so verhalten, als wären Hans die versteckten Fouls nur versehentlich unterlaufen. Jeder Mensch verdient eine zweite Chance, beteuerte seine Mutter immer wieder. Im Stillen nahm er sich aber vor, Hans im Visier zu behalten.

Auch Pedro hatte über das Foul und das letzte Treffen der Haie noch mal nachgedacht. In der Schule sprach er Mehmet gleich darauf an.

„Vielleicht haben wir dir wirklich unrecht getan!“, begann er. „Irgendwie passten die Schwalbe und die versteckten Fouls gar nicht zu Hans’ Spiel. Aber das ist natürlich Quatsch. Jeder spielt mal unfair. Tut mir leid, dass ich dir nicht geglaubt habe.“

„Schon okay!“, antwortete Mehmet und erzählte von seinem Beschluss, wie er die Sache jetzt betrachten wollte.

„Find ich gut“, bekräftigte Pedro ihn in seiner

Entscheidung. „Und wir sind doch die Fußball-Haie! Also wieder Freunde?“

Er hielt Mehmet seine Hand entgegen.

„Wieder Freunde!“, sagte Mehmet und schlug mit Pedro ab.

„Fein!“, freute sich Pedro. „Also dann bis heute Nachmittag, oder?“

„Logisch!“, versprach Mehmet mit einem Lächeln im Gesicht.

* * *

Als Mehmet aber am Nachmittag zum Sparri aufbrechen wollte, stellte sich plötzlich sein Vater in die Tür.

„Tut mir leid“, sagte er. „Heute werden erst die Schulaufgaben erledigt, bevor du zum Bolzplatz gehst!“

Mehmet wusste, weshalb. Seine Mutter hatte ihn am Vorabend dabei erwischt, wie er noch sehr spät über seinen Hausaufgaben gesessen hatte. Die Abmachung mit seinen Eltern war ganz klar anders herum. Erst die Hausaufgaben, dann alles andere.

„Hab ich doch schon erledigt!“, antwortete Mehmet.

Sein Vater sah ihn skeptisch an. „Alles fertig?“

„Na ja, nur Mathe fehlt noch“, gab Mehmet zu. „Aber das reicht morgen noch!“

„Nix morgen. Wenn du es heute erledigen kannst, dann machst du es auch heute. Morgen kommt dann wieder was Neues dazu. Nein, nein, da wird nichts aufgeschoben!“, bestimmte sein Vater und schob ihn sanft in den Laden zurück.

„O Mann!“ Schlechtgelaunt breitete Mehmet seine Schulsachen im hinteren Teil des *Dönerhimmels* auf dem Tisch der Haie aus.

„Mehmet, wie oft soll ich dir noch sagen, dass du oben lernen sollst. In der Wohnung hast du Ruhe. Hier kannst du dich doch nicht konzentrieren!“, sagte seine Mutter. Fast alle

Tische waren besetzt. Im Fernseher über der Tür lief wieder ein Spiel. Der Motor des Getränkekühlschranks brummte.

„Ich kann das hier besser als oben!“, behauptete Mehmet. Dort nämlich telefonierte seine ältere Schwester wie immer laut kichernd mit einer Freundin. Das konnte dauern. Außerdem wusste er sowieso nicht, wie er die gestellte Rechenaufgabe lösen sollte. Aber vielleicht hatte er Glück und Uhuru kam vorbei. Der hätte die Aufgaben in wenigen Minuten für ihn gelöst. Oder sonst einer der Haie. Das würde ihm wenigstens eine Pause bescheren. Voller Hoffnung schaute Mehmet hinaus auf die Straße. Seine Mutter allerdings zeigte mit einem Kopfnicken an, er solle jetzt endlich nach oben gehen. Mehmet schob seine Sachen gerade widerwillig zusammen, als Ulf und Porky den Imbiss betraten.

„Hallo, ihr beiden. Hell oder dunkel?“, fragte Mehmets Vater.

„Bratwurst mit Senf!“, bestellte Ulf.

Mehmets Vater lachte laut auf. „Guter Witz! Also: helle oder dunkle Soße?“

„Nein, wir wollen Bratwürste! Stimmt’s, Porky?“ Er stieß Porky in die Seite.

„Stimmt!“, sagte Porky.

„Also: zwei Bratwürste. Thüringer!“, wiederholte Ulf.

Einer der beiden Elektriker vom Festaufbau, die an einem Tisch ihre Mittagspause machten, grinste breit und rief Ulf zu: „Haste draußen nicht gelesen? Hier ist der Dönerhimmel, nicht die Bratwursthölle!“

Alle im Laden lachten. Sogar Porky, aber der kassierte sofort einen Tritt von Ulf gegen sein Schienbein.

„Mist, dass es hier keinen deutschen Imbiss gibt!“, schimpfte Ulf.

„Wozu denn?“, lästerte Mehmet. „Ihr habt die Knödel doch in euren Waden!“

DÖNER

Erneutes Gelächter im Laden.

„Also gut, Jungs“, beschwichtigte Mehmets Vater. „Ihr wisst, was wir haben. Wenn ihr Wurst wollt, wie wär’s mit einem Sucuk-Burger? Oder Köfte schmeckt auch gut!“

„Nee!“ Ulf verzog die Miene. „Alles zu viel Knoblauch. Lass uns gehen, Porky!“

Die beiden verließen den Laden.

„Was ist denn mit denen los?“, fragte Mehmets Vater.

„Das sind eben Spinner!“, murmelte Mehmet und zuckte mit den Schultern. „Ich bin dann oben!“ Er winkte seiner Mutter zu und ging hinauf in die Wohnung, wo Laura zum Glück nicht mehr telefonierte. Stattdessen gab sie ihm ein paar entscheidende Tipps für die Lösung seiner Rechenaufgaben.

„Danke Schwesterherz!“, sagte Mehmet eine halbe Stunde später und konnte endlich raus zum Bolzplatz laufen.

EINE GEMEINE BESCHULDIGUNG

Zu Mehmets Überraschung war keiner der Haie auf dem Sparri. Bestimmt war er nicht der Einzige, der Hausaufgaben machen musste, vermutete er. Stattdessen waren Hans und Porky gerade dabei, herumliegenden Müll aufzusammeln, der sich dort regelmäßig ansammelte, und sie stopften alles in eine blaue Mülltüte: Aluminiumfolien, Getränkeverpackungen, Zigarettenschachteln, Zeitungspapier, Pappbecher ...

„Hey! Super Aktion!“, lobte Mehmet. „Bisher haben immer nur wir Fußball-Haie Müll gesammelt. War das deine Idee, Hans?“

Er steuerte auf einen Haufen mit leeren

Flaschen zu. „Hier fand wohl ’ne Party statt! Ich helfe euch, dann sind wir schneller durch!“

Mehmet legte seinen Ball zur Seite und legte sofort los.

„Nicht nötig. Es reicht, wenn ihr Türken aufhört, den Platz zu verdrecken!“, rief Hans ihm zu.

„Hä? Was?“, fragte Mehmet.

„Wir sind hier nicht in Istanbul“, schimpfte Hans weiter und hielt die blaue Mülltüte hoch.

„Wie bitte?“ Mehmet ging auf Hans zu. „Ich hab keine Ahnung, wie es in Istanbul aussieht. Ich weiß nur, dass die Bier- und Schnapsflaschen bestimmt nicht von Türken kommen. Moslems trinken keinen Alkohol!“

Ohne eine Antwort, aber mit einem bösen Blick, warf Hans sich den Müllbeutel über die Schulter und verließ den Platz mit großen Schritten. Porky folgte ihm.

Mehmet erzählte den anderen Haien davon, als sie nach und nach eintrudelten.

BERLIN
BRAU

„Die Knödel behaupten, die Türken lassen hier den ganzen Müll liegen?", vergewisserte sich Pedro.

Mehmet nickte.

„Was ist nur mit denen los?", fragte Max. Auch die anderen wunderten sich und konnten nicht verstehen, wieso Ulf plötzlich einen deutschen Imbiss wollte und Hans und Porky solchen Quatsch erzählten.

Diego schaute sich um, inspizierte sogar die Büsche hinter dem hohen Zaun, kam zurück und sagte: „Die haben Müll gesammelt, sagst du? Ich hab eher das Gefühl, die haben den ganzen Müll vorher selbst mitgebracht. So schlimm hat es hier seit Monaten nicht ausgesehen! Auch gestern nicht!" Er rückte seine Brille zurecht und zeigte auf eine Plastikflasche, die neben dem Torpfosten lag. „Porkys Lieblingsgetränk, seht ihr?"

Er hob die leere Flasche Malzbier mit zwei Fingern auf und zeigte sie den anderen.

„Das beweist noch nichts!“, wandte Dimitri ein. „Porky ist schließlich nicht der Einzige, der Malzbier trinkt!“

„Und was ist mit diesem Schokoriegelpapier genau daneben?“ Diego deutete mit der Fußspitze darauf. „Gleich zwei Sachen, die Porky besonders mag. Und ihr denkt, das ist ein Zufall?“

„Alter, ich kann es nicht fassen“, sagte Mehmet, als er weitere Süßigkeitenpapiere entdeckte, die zu Porky passten. Außerdem eine Seite aus einem Sportmagazin mit dem Spielbericht einer Rugbymannschaft. „Porky geht doch regelmäßig zu Spielen vom Rugbyclub, oder?“

„Wieso verteilen die hier ihren Müll und schieben es dann den Türken in die Schuhe? Versteht das jemand?“, fragte Mehmet.

Niemand hatte eine Idee, welcher Gedanke dahinterstecken könnte, so einen Unsinn zu machen.

„Kommt, jetzt ist es genug. Ich will endlich spielen!“, drängelte Max und trieb den Ball vor sich her.

„Genau! Sollen die hier doch selber wieder Ordnung machen!“, sagte Uhuru.

„Aber ich finde, das können wir nicht einfach so hinnehmen!“, protestierte Diego. „Die verdrecken unseren Platz und schieben es dann sogar noch uns in die Schuhe oder wie? Also zumindest das Glas sollten wir wegräumen. Ich habe keine Lust, mich zu verletzen!“

„Dasch schtimmt!“, sagte Zachi. Immerhin hatte die alte Flasche genau am Torpfosten gelegen.

„Tom und ich helfen dir!“, sagte Tim. „Vielleicht finden wir ja wirklich noch was, das auf die Knödel hinweist.“

„Gut, dann mal los!“ Mehmet klatschte in die Hände. „Aber wohin mit dem Zeug? Von uns hat ja wohl keiner eine Mülltüte dabei, oder?“

„Ich will bringen eine from the Konfettis", schlug Bobby vor. Mittlerweile sprach der Engländer Bobby recht gut Deutsch, aber manchmal gingen die Sprachen bei ihm noch sehr durcheinander. Er rannte rüber zum Büro der Sozialarbeiter.

Max, Uhuru und Juan hätten zwar lieber gleich mit dem Training begonnen, aber auch sie halfen nun, den Müll einzusammeln.

Nach zwanzig Minuten hatten sie zwei Tüten voll und den ganzen Platz vom Müll befreit. Am Schluss hielt Diego ein Papierstück in die Luft wie ein Anwalt im Gerichtssaal. „Schaut mal! Das hier könnte doch Porky geschrieben haben?"

„Das ist trotzdem kein Beweis!", sagte Mehmet und seufzte.

„Das war's dann wohl", stellte Max fest. „Lasst uns jetzt endlich ins Training einsteigen!"

„Genau! Dasch wird auch Zeit! Auf geht'sch", rief Zachi.

Schon knallte Diego ihm einen Schuss auf den Kasten.

Damit hatte das Trainingsspiel begonnen. Blitzschnell hatten die Jungs sich in zwei Mannschaften aufgeteilt: fünf gegen fünf!

Aber nach Hausaufgaben und Müllsammeln schien niemand mehr so richtig fit zu sein. Oder die Lust war ihnen vergangen. Jedenfalls plätscherte das Spiel so dahin.

„Dasch war heute ein müdesch Gekicke“, sagte Zachi nach einer knappen Stunde. „Morgen schind wir alle wieder richtig bei der Schache, abgemacht?“

Die Haie klatschten miteinander ab.

„Kommt ihr noch mit auf ein Eis zu uns?“, fragte Mehmet.

Klar, das wollten alle.

Auf dem kurzen Weg zum *Dönerhimmel* um die Ecke las Pedro eines der Plakate laut vor, die inzwischen überall angebracht worden waren.

Ganz oben stand: „15 Jahre Herbstfest!"

Darunter:

„Liebe Nachbarinnen! Liebe Nachbarn!

Liebe Gäste und Besucher!

Wir laden ein zu unserem beliebten Herbstfest auf dem Sparri!

Die Eröffnung des Festes am Samstag, den 8. Oktober, beginnt um 15 Uhr mit einer Ansprache von Herrn Vogelsanger."

Pedro stutzte. „Reden von der Bühne? Das gab's doch noch nie!", sagte er.

Soweit er sich zurückerinnern konnte, wurde jedes Herbstfest mit dem Steigenlassen von bunten Ballons gestartet. Alle machten mit und bestückten die mit Gas gefüllten Ballons mit Grußkarten vom Sparri. Danach gehörte die Bühne einer Musikgruppe, die sofort für gute Laune sorgte.

„Bestimmt ist die Rede von Herrn Vogelsanger eine Jubiläums-Überraschung", vermutete

Mehmet. „Meine Eltern planen auch was Besonderes!“

„Wer ist das denn überhaupt, dieser Herr Vogelsanger?“, fragte Pedro.

Mehmet zuckte mit den Schultern. „Vielleicht weiß mein Vater das?“

Als sie den *Dönerhimmel* betraten, empfing Mehmets Vater sie mit einem sehr ernsten Gesicht.

„Ich hab alle Hausaufgaben gemacht!“, versicherte Mehmet sofort.

„Darum geht's nicht“, gab sein Vater Entwarnung. Er blickte von einem Schreiben auf, das er in der Hand hielt, und las vor: ‚Der *Dönerhimmel* ist nicht erwünscht!‘“

„Wie bitte? Wobei?“ Juan sah ratsuchend zu Diego, der auch nur mit den Schultern zuckte.

„Beim Herbstfest“, erklärte Mehmets Vater. „Es gibt dieses Jahr nur Bratwürste, Bratkartoffeln, halbe Hähnchen, Krustenbraten mit Sauerkraut,

Berliner Weiße, Bier und Butterkuchen. Und Berliner Currywurst mit Pommes."

„Hä? Was haben die denn plötzlich alle mit ihrer Bratwurst?", fragte Juan.

„Sauerkraut?", fragte Bobby. „Warum the Germans mögen saures Kraut?"

„Bobby hat recht", bemerkte Zachi. „Nur deutsche Schachen!"

„Curry ist deutsch?", wunderte sich Bobby.

„Na ja, zumindest die Wurst", erklärte Diego. „Deswegen glauben los alemanes, das Gericht ist deutsch."

„Ja, aber mit dem asiatischen Gewürz Curry", ergänzte Mehmets Vater. „Und Pommes ist französisch, und sie stammen aus Belgien." Sein Gesichtsausdruck verriet Bitterkeit. „Aber sie wollen dieses Jahr ein Altberliner Fest. Bei Essen und Trinken nur Typisches aus Berlin, also deutsch."

„Moment mal!", rief Dimitri. „Kein Döner, kein

Gyros, keine Pizza? Was soll denn das für ein Fest sein?"

„Und die leckeren Empanadas von Diegos Oma, die gibt es etwa auch nicht?" Max stand das Entsetzen ins Gesicht geschrieben.

Mehmets Vater berichtete, dass die *Bäckerblume* und das *Café Klatsch* wie immer dabei sein würden. „Aber der *Dönerhimmel* ist diesmal nicht zugelassen!"

„Dasch ischt doch ein Mischt-Herbschtfescht!", klagte Zachi.

Aber so, wie er es aussprach, mussten alle trotz der ernsten Lage ein wenig lachen.

Am nächsten Tag wurde alles noch schlimmer.

Als Pedro den Platz betrat, dröhnte ihm gleich die Stimme eines Mannes entgegen.

„Wenn ihr noch mal euren Dreck hier liegen lasst, dann gibt es richtig Ärger!", schimpfte er.

„Aber wir ..." Doch der Mann unterbrach ihn.

„Aber, aber, aber ... Nix aber. Macht doch euren Dreck in Argentinien!“

„Wieso denn in Argentinien?“, fragte Pedro, dessen Vater aus Brasilien stammte.

„Nicht noch frech werden, Bürschchen!“, drohte der Mann. „Geh dahin zurück, wo du geboren wurdest. Wo immer das ist!“

„Ich wurde dort hinten geboren: in der Virchowklinik“, antwortete Pedro. „Zehn Minuten Fußweg von hier! Und was soll ich da jetzt?“

Der Mann stampfte wütend davon, ohne noch ein Wort zu sagen.

Kurz darauf erschien eine Gruppe Erwachsener auf einer der Treppen zum Platz und blieb dort stehen, als würden sie auf die Haie warten. Einer nach dem anderen betrat von der gegenüberliegenden Seite den Platz.

„Diese Moslems sollen endlich aufhören, so viel Radau zu machen“, schimpfte eine Frau.

Diego und Dimitri schauten sich ratlos an.

„Moslems? Meint die uns?“, fragte Diego. „Bist du Moslem?“

„Ich?“, fragte Dimitri. „Nö. Wir sind orthodoxe Christen.“

„Was ist das denn?“, wollte Diego wissen, aber das wusste Dimitri selbst nicht so genau. „Mehmet ist Moslem, glaube ich.“

„Das nächste Mal rufen wir die Polizei, und dann ist hier Schluss mit dem Lärm und dem ganzen Dreck von euch Ausländern!“

„Bist du Ausländer?“, fragte Dimitri.

„Klar!“, antwortete Diego stolz. „Argentinier! Was denn sonst? Aber Mehmet, der ist Deutscher!“

Von den Erwachsenen prasselten weitere Vorwürfe wie ein Gewitter auf die Haie ein.

„Woher die Leute wohl auf einmal kommen?“, fragte Dimitri.

„Auf keinen Fall aus Argentinien!“, stellte Diego klar.

„Ich glaube eher, die kommen vom Mars!“, sagte Tim. „Was ist nur mit denen los?“

„Unerhört!“, pöbelte einer der Erwachsenen, der eine graue Jogginghose trug und dazu ein uraltes Trikot der deutschen Nationalmannschaft. Er warf seine leere Bierdose Richtung Papierkorb, verfehlte ihn aber. Die Dose rollte ins Gebüsch.

„Seht ihr“, sagte Mehmet, „die leeren Bierdosen in den Büschen kommen nicht von den türkischen Jugendlichen, die sich hier abends oft treffen. Das sind alle Moslems, die keinen Alkohol trinken.“

EIN FUSSBALLFEST FÜR ALLE!

Die Stimmung im gesamten Park verschlechterte sich von Tag zu Tag. Die einen bauten zwar eifrig alles für das Herbstfest auf, aber statt allgemeiner Vorfreude überwogen jetzt die Streitigkeiten darüber, wie das Fest aussehen sollte. Die Sozialarbeiter – sonst wegen ihrer Leidenschaft für Feste ‚Konfettis' genannt – überlegten, ob sie aus Freundschaft zum *Dönerhimmel* diesmal dem Fest fernbleiben sollten. Eine Versammlung jagte die nächste. Es wurden Erklärungen abgegeben, Vorwürfe geäußert, Beleidigungen ausgesprochen, man ging sich aus dem Weg, bis man den nächsten Angriff startete. Und immer nur zu dem einen Thema.

Mehmet brachte es bei einem Training auf den Punkt: „Hier geht alles nur noch gegen die Ausländer."

Auf dem Platz tauchten Hans, Porky, Ulf und die anderen Knödel auf.

„Die aus den neuen Containern lassen wir gar nicht erst in den Park rein. Und auf unseren Bolzplatz sowieso nicht!", verkündete Ulf so laut, dass die Haie es auch ja hörten.

Die Haie wussten natürlich sofort, wen Ulf damit meinte. Die Stadt war dabei, auch hier im Kiez ein neues Containerdorf einzurichten. Mehmets Vater und die Konfettis waren schon am Überlegen, wie man die neuen Bewohner begrüßen konnte, nachdem das Festkomitee es abgelehnt hatte, sie zum Altberliner Herbstfest einzuladen.

„Morgen sollen bereits die ersten Schwarzen kommen!", rief Hans. „Aus Nigeria."

Uhuru, der ja aus Ghana kam, hatte das

gehört. Er lief rüber auf die Platzseite der Knödel und fragte: „Hey, ihr Bratwurst-Gesichter. Wisst ihr überhaupt, wo Nigeria liegt und was dort los ist?“

„Interessiert doch keinen!“ Hans winkte gelangweilt ab. „Nur hierher sollen sie nicht!“

„Die sind geflüchtet vor Krieg und Terror. Ihre Familien wurden ermordet. Die sind froh, dass sie noch leben und haben alles zurückgelassen“, erklärte Uhuru.

Porky verzog erschrocken das Gesicht. „Wie? Ermordet?“

„Na, von bewaffneten Terrorbanden“, sagte Uhuru. „Stell dir vor, heute Nacht kommen Soldaten zu euch nach Haus, stürmen eure Wohnungen und erschießen deine ganze Familie. Und nur du überlebst, weil du zufällig bei deinen Freunden geschlafen hast.“

Porky musste schlucken. „Äh ...“, stotterte er.

„Ja!“, ergänzte Mehmet. Die Haie waren

natürlich Uhuru gefolgt, um ihm im Zweifel beizustehen.

„Und jetzt sind sie hier, brauchen eine Bleibe zum Schlafen und einen Ort zum Wohnen. Und etwas zu essen."

Noch nicht alle Haie hatten von dem Containerdorf gehört. Aber wenn schon morgen die ersten Bewohner kamen ...

„Aus Nigeria?", fragte Max. „Die haben schon mehrmals den Africa-Cup gewonnen. Da kommen bestimmt ein paar Jungs, die gut kicken können! Die könnten dann eine eigene Mannschaft hier auf dem Sparri bilden. Dann hätten wir endlich mal gleichaltrige, vernünftige Gegner. Und nicht immer nur euch Knödel!"

Porky und einige Knödel schauten verwirrt und ratlos. Eine neue gute Fußballmannschaft hörte sich auch in ihren Ohren eigentlich super an.

„Nix da!", sagte Hans schnell. „Die sind hier schneller wieder weg, als ihr gucken könnt!" Er stellte sich breitbeinig vor die Haie. Ulf machte es ihm sofort nach.

„Ach, und das bestimmst du, oder was?“, fuhr Pedro Hans an. „Du bist doch selbst erst seit kurzem hier. Und dich haben wir auch willkommen geheißen.“

„Obwohl du fies foulst“, ergänzte Mehmet.

„Der Sparri ist für alle da!“, stellte Diego klar. „Wir haben sehr wohl mit zu entscheiden, wer hier wann spielt. Und wir nehmen jeden guten Kicker, egal, woher er kommt.“

Hinter Hans und Ulf bauten sich die Knödel auf. Mit vor der Brust gekreuzten Armen rührten sie sich nicht einen Millimeter von der Stelle. Obwohl einigen von ihnen merklich nicht wohl in ihrer Haut war. Sie schienen angestrengt zu überlegen, was Ulf und Hans gegen gute Fußballer einzuwenden hatten.

Uhuru stellte sich dicht vor Porky.

„Kapiert ihr nicht, was hier passiert? Ihr lasst

euch von den zwei Nasen da vorne aufhetzen! Gegen Leute, die Hilfe brauchen!“, sagte Uhuru.

„Und gegen eure eigene Meinung und euer Lieblingsessen!“, sagte Mehmet. „Porky, du isst ja nur noch Bratwurst, obwohl du Döner liebst! Das ist doch total krank!“

„Genau: Wir empfangen die Nigerianer hier mit Döner und Fußball!“, rief Juan.

„Yes, let’s go!“, stimmte Bobby mit ein.

„Und laden sie zu Gyros ein!“, rief Dimitri.

„Und Empanadas!“, verlangte Max.

„Das wollen wir doch mal sehen!“, beharrte Ulf.

„Los Jungs! Wir gehen sofort zu den Konfettis!“, sagte Pedro.

Die Haie zogen ab.

Als sie um die Ecke waren, fragte Zachi: „Willscht du wirklich zu den Konfettisch?“

Pedro stoppte. „Wäre doch eigentlich keine schlechte Idee“, fand er. „Wie wär’s, wenn wir einfach das tollste Fußballfest organisieren, das es jemals hier auf dem Sparri gegeben hat! Direkt neben dem doofen Bratwurst-Herbstfest!“

„Jaaaaa! Genau!“, grölte Zachi. „Schuper Idee!“

„Also, meine Eltern wären sofort dabei!“, versicherte Mehmet.

„Die Konfettis bestimmt auch!“, war Pedro sich sicher.

„Mit Torwandschießen!“, schlug Tim vor. „Unser Vater kann eine Torwand bauen!“

Tom nickte ihm eifrig zu.

„Mehmet, du sagst Laura, dass wir ein Plakat brauchen! Ich rede mit den Konfettis. Zachi, kommst du mit? Juan, Uhuru, Diego und Dimitri, ihr schaut euch bei den Containern nach Jungs in unserem Alter um, die kicken können.“

„Okay, Leute. Dann treffen wir uns um sechs im *Dönerhimmel*, um alles zu besprechen.“

Alle Haie klatschten ab.

„Ich komme auch mit euch!“, sagte Bobby. „Denn in Nigeria spricht man Englisch!“ Am Abend trugen die Haie zusammen, was sie erreicht hatten.

Die Sache mit der Torwand klappte. Mehmets Eltern waren natürlich dabei, ebenso wie die Konfettis. Laura hatte bereits einen Plakatentwurf gestaltet. Von den Flüchtlingen wollten mindestens sieben Jungs mitmachen, und sie hatten acht Erwachsene gefunden, die kochen würden, wenn man ihnen die Lebensmittel und Materialien zur Verfügung stellte, berichtete Bobby. Das war für den *Dönerhimmel* natürlich kein Problem.

„Die Jungs freuen sich schon auf das Spiel!“, berichtete Uhuru.

„Auf das Spiel?“, fragte Pedro.

„Klar, im Anschluss an das Torwandschießen, wenn wir warmgeschossen sind!“, grinste Dimitri.

Das war eine super Idee!

„Welches Datum soll ich eintragen?“, fragte Laura und zeigte auf die Lücke, die sie auf dem Plakat gelassen hatte.

„Während des Herbstfestes, oder?“, fragte Pedro in die Runde.

„Einen Tag davor!“, sagte Diego und grinste.

Die anderen stutzten.

„Prima Idee!“, sagte Mehmet. „Damit geben wir die gute Stimmung vor. Dann können die Knödel mit den Bratwurst-Gesichtern einen Tag später ihre schlechte Laune feiern!“

Alle waren sofort einverstanden.

Die Vorbereitungen liefen auf Hochtouren.

Die Konfettis sorgten in schwierigen Verhandlungen dafür, dass der Bolzplatz einen Tag vor dem Fest auch wirklich frei blieb für das „Fußballturnier“, wie die Konfettis es offiziell nannten. Was sie wirklich vorhatten, behielten sie noch für sich.

Fünf Tage später war es so weit.

Als der Vater von Tim und Tom die Torwand auf den Platz trug, staunten die Haie nicht schlecht. Die ganze Wand war bunt bemalt mit einem phantastischen Bild, das eine Fußballszene im Abuja National Stadium zeigte, dem Heimstadion der Nationalmannschaft von Nigeria, den sogenannten Super Eagles.

„Wow!“ Zachi war ganz hin und weg. „Wer hat dasch gemalt?“

„Eine Künstlerin aus dem Containerdorf“, sagte Tom. „Bobby hat die aufgespürt.“

Kaum aufgestellt, wirkte die reich bebilderte Torwand wie ein Magnet. Große und Kleine, Junge und Alte, alle wollten sie aus der Nähe betrachten.

„Das ist ja ein richtiges Kunstwerk geworden. Tolles Bild!“, lobte ein Nachbar, während der Bolzplatz immer voller wurde. Es duftete nach Empanadas und Köfte, Döner und Paella, argentinischen Steaks und Suya, Bohnenmus und Auberginenauflauf, Mussaka und Gyros, Bananenshakes und Couscous.

„Will hier jemand eine Bratwurst?“, rief Mehmets Vater über den Platz.

„Nein!“, schallte es ihm entgegen.

„Was ist Bratwurst?“, fragte einer der Jungs aus Nigeria.

„Nix!“, lachte Pedro. „Kommt, ihr schießt als Erste.“

Der Junge verstand nicht. Bobby übersetzte.

Danach pfiff der Junge auf den Fingern, und seine sechs Kumpel kamen angelaufen, kunterbunt in gespendeter Sportkleidung. Das passte gut, da auch die Haie in der Regel auf einheitliche Trikots verzichteten.

Drei unten rechts, drei oben links, das war die Regel.

Der erste Schuss saß perfekt. Tosender Applaus von den Zuschauern.

Pedro schaute sich um und bemerkte erst jetzt,

wie viele Menschen schon gekommen waren. Einige hatten ihre Gesichter mit Länderflaggen bemalt. Er sah Spruchbänder und Girlanden mit vielen verschiedenen Nationalfahnen.

An der Ecke des Platzes entdeckte er einige Konfettis, die aufgeregt mit zwei Männern sprachen. Daneben stand Mehmet mit seinem Vater.

Pedro ging zu ihnen, um zu hören, was los war.

„So war das nicht abgesprochen!“, schimpfte einer der Männer. Pedro war sicher, dass der Mann aus dem Festkomitee kam. „Wir wollten ein reines Altberliner Traditionsfest.“

„Nein!“, widersprach Jürgen, einer der Sozialarbeiter. „Sie wollten ein rein deutsches Fest, was allein schon bei der Zusammensetzung des Stadtteils völliger Quatsch ist. Hier wohnen Familien aus mehr als zwanzig Nationen, und Sie kommen da mit einem Deutschland-Fest!“

„Sorry!“, rief jemand von hinten. „Sorry! Sorry!“

Der Sozialarbeiter schob die beiden Männer beiseite, so dass eine kleine Gasse entstand, durch die etwa zwanzig dunkelhäutige Männer und Frauen in bunten Gewändern auf den Platz gelaufen kamen. Nur einer in der Gruppe hatte eine helle Haut – trotz seiner braunen Haare. Die Männer und Frauen entrollten ein langes Transparent, auf dem stand: „Thank you! Danke! Play with us. Spielt mit uns!“

Pedro kratzte sich am Kopf. Was hatte das zu bedeuten?

Der hellhäutige Mann kramte ein Megaphon aus einer Plastiktüte hervor und übernahm das Wort. Er stellte sich als Bezirksbürgermeister vor, dankte den Veranstaltern für das tolle Fußballfest, lobte, dass so viel auf die Beine gestellt wurde und so weiter und kam dann zum Kern seiner kleinen Ansprache: „Weil die Flüchtlinge hier zum Fußballfest eingeladen wurden, revanchieren sie sich mit einer kleinen

Überraschung. Sie haben im Park eine kleine Spielstraße aufgebaut, in der sie den Kindern des Stadtteils einige Spiele des afrikanischen Kontinents zeigen wollen. Unter anderem die Spiele Mancala – Bohnenspiel, MTI – Mühle, Ngoli – Zielwerfen, Nyakua – Geschicklichkeit, Mpira – Sandfußball und Ende – Stein-Raten."

„Schandfuschball?", fragte Zachi. „Schuper!"

Von den Zuschauern gab es tosenden Applaus. Sofort zogen einige Kinder ihre Eltern zur Gruppe und folgten ihr zur Spielstraße.

Der Mann vom Festausschuss empörte sich: „Im Park? Wer hat das denn genehmigt?"

„Der Bezirksbürgermeister", antwortete Jürgen. „Also derselbe, der auch Ihr Herbstfest genehmigt hat. Allerdings nicht als deutsches Fest, sondern als Nachbarschaftsfest, so wie seit fünfzehn Jahren!"

Das Torwandschießen ging munter weiter. Neben den Haien und den Jungs aus Nigeria beteiligten sich auch etliche Jungs aus der Nachbarschaft. Sogar Porky und einige Knödel machten mit.

Max war aktuell mit sagenhaften vier von sechs möglichen Treffern auf dem ersten Platz.

Als Pedro sich für seinen ersten Schuss bereitstellte, bemerkte er Ulf und Hans, die das Fest aus sicherem Abstand beobachteten.

Nicht ablenken lassen, konzentrier dich!, beschwor sich Pedro im Stillen. Es half! Er schaffte drei Treffer und rutschte auf Platz zwei. Nach ihm war der letzte Schütze dran. Danach sollte die Torwand weggestellt werden, um Platz für das Spiel zu schaffen. Amaru, ein Junge aus Nigeria, legte sich den Ball zurecht. Einige spendeten Applaus.

Amaru rutschte weg und verpatzte den Schuss völlig. Der Ball verfehlte sogar die Torwand.

„Wie peinlich!“, rief Ulf.

Weggerutscht. Kann vorkommen, dachte

Pedro. Vielleicht passten ihm auch die geschenkten Schuhe nicht richtig.

Die beiden folgenden Schüsse versenkte der Junge mit einer Leichtigkeit, als ob eine unsichtbare Kraft seinen Ball ins Zentrum der runden Öffnungen zog. Jetzt die drei Schüsse oben. Nur noch ein Treffer, und er hatte schon mal Gleichstand mit Pedro.

Während Amaru sich den Ball auf der Markierung bereitlegte, stellten sich die anderen Jungs aus Nigeria zur Unterstützung hinter ihn.

Der Junge nahm Anlauf und traf den Ball perfekt. Der Ball flog direkt durch die Öffnung oben links. Die Jungs freuten sich alle, als sei es ein gemeinsam erkämpfter Sieg.

Pedro und er teilten sich schon mal den zweiten Platz.

Der vorletzte Schuss knallte gegen die Kante des Lochs und von dort zurück aufs Feld.

„Ooooh!“, raunte das Publikum.

Letzter Schuss. Amaru schoss diesmal aus dem Stand. Der Ball flog direkt durch das Loch, ohne auch nur den Rand zu berühren. Glatter konnte man nicht treffen.

Alle jubelten. Auch Max, denn er war ja immer noch Erster, wenngleich jetzt gemeinsam mit Amaru.

„Den müschen wir unsch merken", flüsterte Zachi Pedro ins Ohr. „Beschtimmt ein schuper Mittelfeldschpieler! Da kann schelbscht Uhuru noch wasch lernen!"

„Längst abgespeichert!" Pedro zwinkerte Zachi zu.

Danach verteilten sich die Leute in alle Richtungen, zur Spielstraße und zu den internationalen Ständen mit den Köstlichkeiten.

Etwa eine Stunde später ertönte der Anpfiff zum Spiel zwischen den Haien und den Jungs aus Nigeria. Das Spiel hätte kaum spannender verlaufen können. Abwechselnd übernahmen

THANK YOU! PLAY WITH US!
DANKE! SPIEL MIT UNS!

die Mannschaften die Führung. Jürgen von den Konfettis wachte darüber, dass die vereinbarte Spielzeit auf die Sekunde genau eingehalten wurde. Sein Abpfiff schallte schrill über den Platz. 9:9. Endstand.

* * *

Beim Altberliner Herbstfest am folgenden Tag regnete es wie aus Eimern. Kaum jemand kam. Pedro und Mehmet gingen zum Würstchenstand, an dem Ulf, Porky und Hans unterm Zeltdach so lange grillten, bis die Dinger pechschwarz verkohlt waren.

„Wie wär's mit einem kleinen Turnier nächste Woche?“, fragte Pedro.

„Turnier?“ Ulf spitzte die Ohren.

„Ihr, wir, die Super Eagles – und die Savignys machen auch mit. Nächsten Sonntag!“

Ulf und Porky wechselten Blicke.

„Okay!“, sagte Ulf. „Wir sind dabei!“

„Nein, sind wir nicht!“, blaffte Hans dazwischen. „Wir spielen nicht mit Schwarzen!“

„Wieso nicht?“, widersprach Ulf, nahm eine Wurst vom Grill und hielt sie Hans vor die Nase. „Du grillst ja sogar schwarze Würstchen! Also, wir sind dabei. Du kannst ja hierbleiben und verkohlen, bis du selbst schwarz wirst!“

Pedro und Mehmet grinsten und schlugen die Hände mit Porky und Ulf aneinander.

„Abgemacht!“

Ulf und Porky verließen den Würstchenstand.

„Hey, wo wollt ihr denn hin?“, fragte Hans.

„Einen anständigen Döner essen!“, verkündete Ulf.

MESUT ÖZIL

Geburtstag: 15.10.1988

Geburtsort: Gelsen-kirchen

Größe: 1,82 m

Position: Mittelfeld

Verein: FC Arsenal

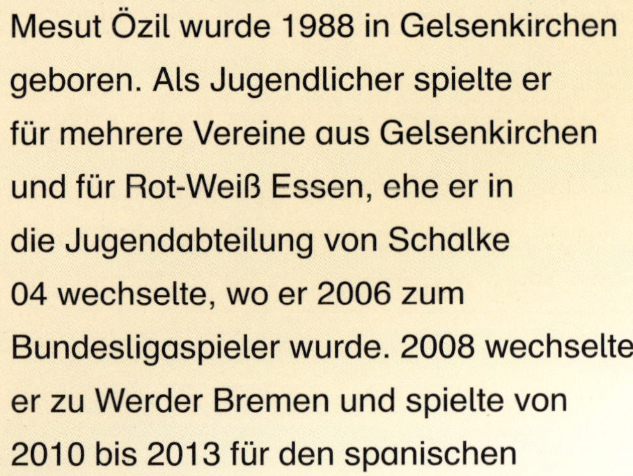

Mesut Özil wurde 1988 in Gelsenkirchen geboren. Als Jugendlicher spielte er für mehrere Vereine aus Gelsenkirchen und für Rot-Weiß Essen, ehe er in die Jugendabteilung von Schalke 04 wechselte, wo er 2006 zum Bundesligaspieler wurde. 2008 wechselte er zu Werder Bremen und spielte von 2010 bis 2013 für den spanischen

Rekordmeister Real Madrid. Seit 2013 steht er beim englischen Club FC Arsenal unter Vertrag und wurde 2014 Weltmeister mit Deutschland.

Besondere Fähigkeiten:

- kreativer Spielmacher
- sehr gute Technik
- hervorragender Vorlagengeber

Größte Erfolge:

- Weltmeister 2014 mit Deutschland in Brasilien
- Spanischer Meister 2012 und Pokalsieger 2011 mit Real Madrid
- Englischer Pokalsieger 2014, 2015 und 2017 mit dem FC Arsenal
- Deutscher Pokalsieger 2009 mit Werder Bremen

LESERÄTSEL

1. Wie nennt Ulf die Fußball-Haie abfällig?

   P: Goldfische

   W: Fischstäbchen

2. Wie geht das Spiel der Haie gegen die Knödel aus?

   U: 10:2 für die Knödel

   E: 5:1 für die Knödel

3. Was wollen Ulf und Porky im Dönerhimmel essen?

   R: Thüringer Bratwurst

   N: Nürnberger Bratwurst

4. Was ist Porkys Lieblingsgetränk?
   I: Apfelschorle
   S: Malzbier

5. Wie heißt der Junge aus Nigeria, der zusammen mit Max das Torwandschießen gewinnt?
   T: Amaru
   L: Unara

Lösungswort:

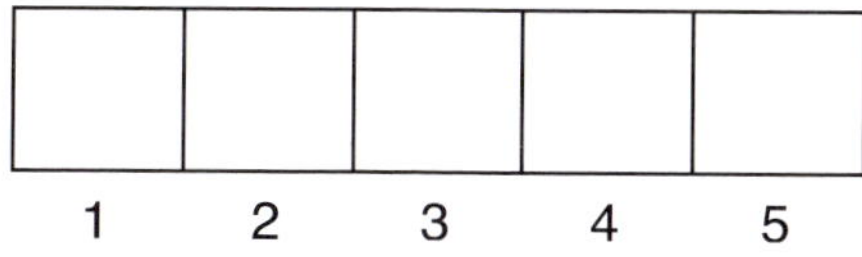

Hast du das Lösungswort gefunden? Dann schreibe es auf eine Postkarte und schicke sie an uns oder sende uns eine E-Mail. Unter allen Einsendern verlosen wir jeden Monat tolle Buchpakete!

S. Fischer Verlag
Fußball
Hedderichstraße 114
60596 Frankfurt am Main
superhelden@fischerverlage.de

WIE WÜRDEST DU ENTSCHEIDEN?

Hier sind zwei Fragen zum Nachdenken für dich!

1. Wie hättest du auf die Anschuldigungen von Hans reagiert, dass alle Südländer fies foulen?

2. Verstehst du, dass Mehmet darüber nachgedacht hat, die Fußball-Haie zu verlassen?

ZEICHNE DEINEN LIEBLINGSSPIELER!

Trage den Namen und den Verein deines Lieblingsspielers ein und zeichne ihn auf die rechte Seite!

Trenne danach die Seite vorsichtig heraus. Jetzt kannst du sie sammeln und in dein persönliches Fußball-Album kleben, sie verschenken oder in deinem Zimmer aufhängen!

Name: ______________________________

Verein: ______________________________

Die Fußball-Haie

Fußball-Haie: Spieler gesucht!
ISBN 978-3-596-85633-6

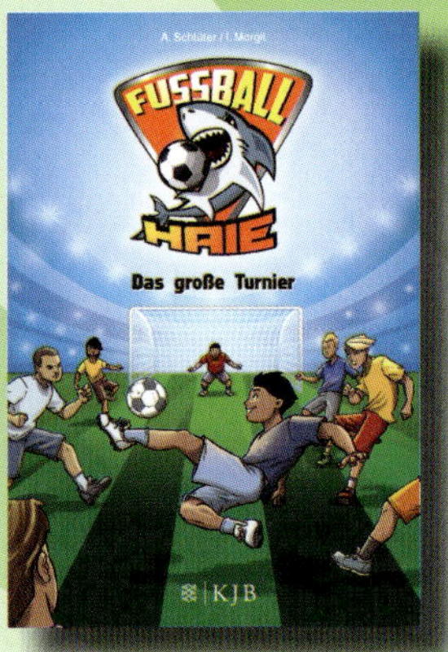

Fußball-Haie: Das große Turnier
ISBN 978-3-596-85634-3

Fußball-Haie: Ein Team startet durch
ISBN 978-3-596-85635-0

Fußball-Haie: Kampf um den Bolzplatz
ISBN 978-3-596-85636-7

Fußball-Haie: Spiel mit Biss
ISBN 978-3-7373-5199-7

Fußball-Haie: Duell im Fußballcamp
ISBN 978-3-7373-5200-0

jedes Buch ein Treffer!

Fußball-Haie: Torwart vermisst!
ISBN 978-3-7373-4029-8

Fußball-Haie: Böses Foulspiel
ISBN 978-3-7373-4030-4

Fußball-Haie: In der Abseitsfalle
ISBN 978-3-7373-4083-0

Fußball-Haie: Freundschaft oder Sieg
ISBN 978-3-7373-4084-7

TOR